Elisa, la ballerine aux grands pieds

L'orthographe rectifiée, qui fait désormais référence
dans les programmes scolaires, est appliquée dans cet ouvrage.

© 2014 Éditions NATHAN, SEJER, 25 avenue Pierre-de-Coubertin, 75013 Paris
Loi n°49-956 du 16 juillet 1949 sur les publications destinées à la jeunesse,
modifiée par la loi n°2011-525 du 17 mai 2011.
ISBN : 978-2-09-254894-3
N° d'éditeur : 10254327 – Dépôt légal : avril 2014
Achevé d'imprimer en mars 2019 par Pollina (85400 Luçon, France) - 88699

Susie Morgenstern

la famille trop d'filles

Elisa, la ballerine aux grands pieds

Illustrations de Clotka

CHAPITRE 1

Un soir, après avoir récupéré son petit frère à la maternelle, Elisa se met à boiter.

– Qu'est-ce que tu as ? lui demande Gabriel.

– J'ai mal aux pieds. Je crois que mes chaussures sont trop petites...

– Ou bien ce sont tes pieds qui sont trop grands ! se moque son frère.

Elisa ne trouve pas ça drôle du tout. Ses chaussures sont pratiquement neuves. Mais ce n'est pas ça qui l'inquiète. Elle n'aura aucun mal à trouver chaussure à son pied dans les placards de la maison, qui renferment une impressionnante collection de modèles de toutes les couleurs et de toutes les formes, du 28 jusqu'au 46. Ce qui l'embête, c'est qu'une ballerine aux grands pieds ne vaut pas mieux qu'une ballerine en forme de montgolfière. Et si Elisa sait que pour rester mince il ne faut pas manger trop de glaces et de sucreries, elle n'a pas la moindre idée de ce qu'elle doit faire pour réduire la taille de ses pieds.

À la maison, elle essaie les ballerines de Dana : trop petites. Elle passe aux mocassins de Cara : trop justes. Elle enfile les baskets de Bella : parfaites. Alors que Bella est beaucoup plus grande qu'elle ! Et plus vieille ! Peut-être que ses pieds grandissent plus vite que le reste de son corps...

À table, Elisa ne regarde même pas son assiette ; elle fixe ses pieds. Elle a l'impression qu'ils grandissent à vue d'œil ! Est-ce qu'on accepte des danseuses avec des pieds démesurés dans les troupes de danse et les compagnies de ballet ?

– Tu n'as pas faim ? lui demande Anna.

– Non…

– Ça ne va pas ? Laisse-moi deviner : tu as une interro demain… Je peux t'aider si tu veux.

– Non, tu ne peux pas ! Sauf si tu connais un moyen d'empêcher les pieds de pousser !

– La maitresse nous a raconté qu'en Chine, autrefois, on bandait les pieds des petites filles pour qu'ils ne grandissent pas, explique alors Flavia.

– Ah oui ? demande Elisa intéressée. Comment il faut faire ?

– Faut pas ! s'exclame Billy. C'est *BAD*, horrible.

– Mais mes pieds sont immenses ! On dirait des pieds de géante ! Personne ne voudra jamais d'une danseuse qui chausse du 52 !

– Ils ne sont pas si grands que ça ! tente de la rassurer Bella. Hé ! Mais tu m'as pris mes chaussures !

– Les miennes sont trop petites, se lamente Elisa.

– Quoi !? s'étonne Anna. Mais on vient juste de les acheter !

Billy décide de clore la discussion :

– J'ai argent chaussures. On va magasin. *Tomorrow*.

Plus tard, dans la pénombre de la chambre des filles, Elisa fixe longuement ses pieds. C'est pas possible ! Elle est sure qu'ils se sont encore allongés depuis le diner. Elle est désespérée : pour une danseuse, il n'y a pas pire que des grands pieds ! Malgré les avertissements de Billy, elle va chercher des chiffons et essaie de les bander pour la nuit. Évidemment, le lendemain matin, ils n'ont pas rapetissé.

CHAPITRE 2

Sur le chemin de l'école, Elisa ne marche pas avec sa grâce habituelle, comme si elle flottait au-dessus du sol. Non, elle reste tête baissée pour se concentrer sur les pieds des passants.

Et chaque fois qu'elle croise une paire de menus petons, elle murmure :

– Je vous déteste !

Dans la cour de récréation, elle retrouve Eliott, son ami et partenaire de danse.

– Regarde ! s'exclame-t-elle sans même lui dire bonjour.

– Quoi ? Tes baskets ?

– Non, mes pieds.

– Eh bien, qu'est-ce qu'ils ont ?

– Ils sont beaucoup trop grands !

– C'est pas grave.

– Comment ça, « pas grave » ?

Elisa se met sur la pointe des pieds : elle dépasse Eliott d'une demi-tête.

– Tu nous vois dans un pas de deux ?

– Ah, oui, je comprends ce que tu veux dire... Tu n'as qu'à te faire couper les orteils. Ça ne sert à rien de toute façon.

– Bien sûr que si ! Comment tu veux faire des pointes sinon ?

– Parles-en à la prof de danse. Elle aura peut-être une solution.

– Non, surtout pas ! Il ne faut rien lui dire !

– Elle va bien s'en rendre compte...

– Pas la peine d'attirer son attention là-dessus, sinon je suis sure qu'elle ne me donnera pas de rôle dans le spectacle !

– Tu peux toujours te reconvertir en footballeuse ! Avoir de grands pieds donne plus de force pour shooter.

– Ah, vraiment, merci pour tes bonnes idées ! ironise Elisa.

Elle s'en va et plante Eliott au milieu de la cour. Il la regarde s'éloigner en se demandant ce qu'il a bien pu dire de mal.

L'après-midi, la classe d'Elisa part visiter la médiathèque. La petite danseuse en profite pour feuilleter un livre d'anatomie afin d'en apprendre plus sur les pieds. Elle découvre qu'il y a 28 os, 16 articulations, 107 ligaments et 20 muscles dans chaque pied. Vu la taille des siens, elle est persuadée que des os et des ligaments, elle en a encore plus que la normale. À quoi ça peut bien servir, tous ces machins ?

Le soir, Billy vient la chercher à l'école pour l'emmener acheter des chaussures. Mais le vendeur ne fait rien pour remonter le moral d'Elisa... Il mesure ses pieds et s'écrie :

– Oh là là ! Il va te falloir des chaussures de femme, à toi. Tu as quel âge ?

Comme Elisa ne répond pas, Billy décide de prendre les choses en main. Il choisit un modèle. Elle fait non de la tête. Il lui en montre un autre.

– Tu plaisantes ! s'offusque-t-elle.

Elle choisit des chaussures montantes dans le rayon enfant. Évidemment, le vendeur n'a pas sa taille. Elisa ne trouve rien, RIEN ! C'est désespérant.

– On va regarder sur Internet, propose Billy pour la consoler. Il y aura plus de choix.

Mais, une fois à la maison, ils ont beau parcourir les sites de chaussures, des plus ordinaires aux plus originales, au bout d'une heure ils n'ont toujours rien trouvé. Et il faut libérer l'unique ordinateur de la famille, parce que Anna en a besoin pour un devoir.

Billy téléphone alors discrètement à Grand-Mère Léo. Il lui explique qu'à la maison ce n'est pas la joie : Anna a eu la première mauvaise note de sa vie, Gabriel tousse plus que jamais, Flavia est exécrable, Dana ne fait plus de blagues, Cara est davantage dans la tragédie que dans la comédie, et même Bella fait des bêtises. Mais le pire, c'est Elisa, qui est obsédée par la taille de ses pieds ! Il lui faut absolument des chaussures, et elle a vraiment besoin qu'on lui remonte le moral.

CHAPITRE 3

Le lendemain, comme par hasard, Grand-Mère Léo sonne à la porte, chargée de paquets.

– Aujourd'hui, déclare-t-elle, c'est la fête ! On va tous se déguiser !

– Mais ce n'est pas encore carnaval ! s'étonne Anna.

– Ça ne fait rien : ce soir, ici, dans la tribu Arthur, c'est mardi gras, décrète Léo.

Bien sûr, Billy était au courant de la surprise : il a même préparé des crêpes pour l'occasion.

Chacun ouvre ses cadeaux. Gabriel a droit à un déguisement de pirate et Flavia à un costume de femme préhistorique qui lui plait beaucoup, et pourtant elle est difficile ! Anna hérite d'une tenue d'ange avec des ailes.

– Parce que tu es un ange, lui chuchote sa grand-mère.

Dana déballe une robe de Blanche-Neige.

– Parce que tu lui ressembles, explique Léo.

Cara reçoit quant à elle un habit de tragédienne grecque, qu'elle enfile sans attendre. Bella met une panoplie de fée et se voit baptiser « la fée des mots ».

Même Billy a un cadeau : un costume d'Obélix.

– Pour devenir un vrai Gaulois ! le taquine Léo.

– Et Elisa ? demande Anna.

Léo sort un dernier paquet, emballé dans du beau papier couvert d'étoiles.

Elisa en tire une énorme paire de chaussures de clown, et toute la tenue assortie, nez rouge compris. Billy a peur qu'elle réagisse mal. Mais elle est ravie et embrasse sa grand-mère.

– Merci ! C'est génial. Mais... et toi ? Tu ne te déguises pas ?

Les enfants ne sont pas au bout de leurs surprises ! Léo laisse tomber son manteau pour révéler son costume des mille-et-une nuits : une longue jupe transparente et une espèce de soutien-gorge à paillettes. Grand-Mère Léo a le ventre découvert, comme une danseuse orientale. Les enfants sont un peu gênés...

– Vous êtes prêts, tous ? Je vais vous montrer ce que j'ai appris à mon nouveau cours de danse !

Grand-Mère Léo tend un CD à Billy et enlève ses chaussures. Quand la musique commence, elle fait bouger son ventre au rythme de la musique orientale. Sans hésiter, Elisa l'imite aussitôt. Puis toute la famille s'y met, mais, comme d'habitude, la petite ballerine y arrive bien mieux que les autres.

– Tu peux venir avec moi au prochain cours, lui propose sa grand-mère.

– Moi aussi ? l'interroge Gabriel.

– Tu es un peu trop jeune. Et puis il n'y a pas de garçons.

– Je pourrais mettre mes nouvelles chaussures de clown pour aller à l'école demain, blague Elisa. Ce serait rigolo !

– Oh, j'allais oublier, ma belle ! s'exclame Léo. Je t'ai aussi trouvé des chaussures plus classiques.

Émerveillée, Elisa déballe une paire en cuir tout doux, avec des cœurs rouges partout. Elle les enfile à ses pieds, qu'elle trouve tout de suite beaucoup moins laids.

– Je ne vais plus les quitter ! annonce-t-elle, avant d'étouffer sa grand-mère de bisous.

On sonne à la porte. Encore une surprise ? Elisa court ouvrir. C'est Mimi, leur grand-père, le tout premier mari de Léo. Ils étaient fâchés depuis longtemps, mais ils se sont réconciliés. Grand-Père Mimi est déguisé lui aussi... en Batman !

Les enfants demandent à Billy de faire une photo de famille pour l'envoyer aux parents.

« Avec des grands-parents pareils, se dit Elisa, pas besoin des parents ! Léo et Mimi sont beaucoup plus amusants ! »

Le lendemain, dans la cour, tout le monde fait « Wouah ! » en découvrant les nouvelles chaussures d'Elisa.

– Elles ont dû couter une fortune ! imagine Eliott.

Elisa se contente de contempler ses pieds avec un grand sourire.

CHAPITRE 4

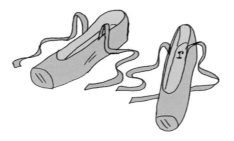

Après la classe, quand Elisa doit quitter ses chaussures adorées pour enfiler ses chaussons de danse presque trop justes, elle recommence à s'inquiéter. Que va dire la prof quand elle va remarquer que ses pieds ont encore grandi ? La fillette n'a qu'une crainte : que la prof les autorise à se mettre sur les pointes. ça fait si longtemps qu'elle attend ce moment... mais ce serait le meilleur moyen de trahir la taille de ses pieds. Heureusement, ce n'est pas pour cette fois. La prof explique à ses élèves qu'ils sont encore trop jeunes et qu'ils risqueraient d'abimer leurs pieds.

Pendant tout le cours, Elisa est tellement occupée à essayer de cacher ses pieds qu'elle a du mal à se concentrer sur la chorégraphie. La prof la reprend dix-neuf fois !

– Si tu ne te concentres pas plus que ça, finit-
elle par lâcher, tu n'auras pas le premier rôle
dans le spectacle.

– Oui, madame… répond piteusement Elisa.

Après le cours, Eliott et elle ont l'habitude de
rentrer ensemble. Cette fois, ils font le chemin
en silence. Eliott se fait du souci pour son amie,

mais il ne sait pas trop comment aborder le sujet sans la blesser.

Heureusement, un spectacle imprévu vient leur changer les idées. En arrivant près de chez eux, devant le jardin public, les deux enfants sont attirés par de la musique. Il y a beaucoup de monde. Quelques jeunes font une démonstration de hip-hop.

– On va vous montrer les bases, propose l'un d'entre eux. Qui veut essayer ?

Elisa remarque que ces danseurs ont de

grands pieds : elle est la première à se lancer. Eliott et une vieille dame la rejoignent. D'autres volontaires se décident petit à petit.

Les danseurs sont impressionnés par le talent d'Eliott et d'Elisa. Leurs années de danse classique ont donné à leurs corps une sorte d'intelligence du mouvement : il ne leur faut que quelques minutes pour comprendre les figures et les pas de hip-hop. Les autres débutants s'en sortent beaucoup moins bien... La vieille dame s'en donne à cœur joie, et même si elle n'est pas parfaite, elle s'amuse bien.

CHAPITRE 5

Elisa est si contente d'avoir découvert cette nouvelle technique qu'elle en oublie tous ses soucis. Elle continue à danser jusque chez elle.

Dès qu'elle arrive, Billy annonce :

– On manger !

– Déjà ?

Elle ne s'est pas rendu compte de l'heure ! Tout le monde lui fait la tête, parce qu'elle est en retard et qu'elle a oublié que c'était à elle de mettre le couvert. En plus, c'est bientôt l'heure du coup de fil traditionnel de leur mère. La fratrie a à peine le temps de manger l'entrée que le téléphone sonne.

Selon le rituel, on passe l'appareil d'une fille à l'autre, dans l'ordre décroissant, jusqu'à Gabriel.

– Ça va, mes poussins ? demande leur mère, qui n'a pourtant rien d'une mère poule.

– Ça va, répond Anna la bouche pleine. Mais on est encore en train de diner.

– Si tard ?

– Billy a fait un repas spécial, ment Anna.

Pas la peine d'accabler Elisa.

– Tu as écrit quelque chose ces derniers temps ? demande ensuite Ariane à Bella.

– Je n'ai pas trop le temps en ce moment… Je te passe Cara.

– Maman ! Tu vas bien ? J'ai entendu des choses horribles sur cette guerre…

– C'est vrai, c'est terrible ! Mais ne t'inquiète pas pour moi : je ne risque rien là où je suis.

– Quand est-ce que tu rentres, maman ? l'interroge ensuite Dana. Tu me manques !

– Moi aussi, ma chérie. Mais tu sais bien que ce n'est pas moi qui décide. Et toi, mon Elisa, ma *prima ballerina* ?

– Je me convertis en hip-hopeuse en ce moment.

– Bonne idée ! Pour moi, toutes les danses sont à prendre...

Flavia arrache le combiné à sa sœur.

– Gabriel fait rien que m'embêter !

– C'est même pas vrai ! pleurniche celui-ci. Reviens vite, maman !

Et tout le monde fait des bisous dans l'appareil avant que Gabriel raccroche.

CHAPITRE 6

Après le diner, Bella prend son cahier et s'éclipse : elle a déjà aidé Billy et Anna à la place d'Elisa, avant le diner.

La « prima ballerina » doit donc débarrasser la table. Mais elle ne songe qu'à se remettre à danser. Alors, dès qu'elle a fini de desservir, elle s'installe dans le salon pour répéter les mouvements qu'elle vient d'apprendre. Les autres en restent bouche bée.

– Tu danses le hip-hop maintenant ? s'exclame

Cara. Montre-moi comment on fait !

– À moi aussi ! réclame Gabriel.

– Hey, moi aussi ! fait Billy.

– Mais qu'est-ce qui vous prend ? Vous ne vous êtes jamais intéressés à mes pas de danse !

– Oui, mais là, c'est pas de la danse classique, dit Flavia.

Ils se trémoussent comme des fous. À un moment, Billy met un CD de rock et apprend le rock'n'roll à Elisa.

– Prochaine fois, on essayer tango ! déclare-t-il.

Bella finit par les rejoindre. Elle tend un poème à Elisa, qui arrête la musique pour le lire à voix haute :

Tu t'inquiètes à cause de tes grands pieds
Peut-être qu'on ne t'a pas informée
Que la taille des pieds, c'est du pipeau
Le problème a été étudié :
Ce qui compte, c'est pas les pieds, mais le cerveau.

« Ce ne serait pas possible d'avoir un gros cerveau ET des petits pieds ? » se demande tout de même Elisa.

Le lendemain, Grand-Mère Léo vient la chercher pour l'emmener à son cours de danse du ventre.

Elisa suit la nouvelle chorégraphie aussi facilement que les mouvements de hip-hop.

– Je n'ai jamais vu quelqu'un apprendre aussi vite ! la félicite la professeure.

Grand-Mère Léo présente ensuite à sa petite-fille une autre élève du cours.

– Je suis danseuse classique, mais j'aime explorer d'autres formes de danse, lui raconte cette grande femme.

Elisa remarque qu'elle aussi a de sacrés pieds ! La danseuse voit que la fillette les regarde, fascinée.

– Ils sont grands, hein ? Il faut dire que je ne suis pas franchement petite. À ton âge, je pensais que mes pieds grandissaient plus vite que le reste de mon corps. Ils sont restés très longs, mais, tu vois, ils sont bien proportionnés, et forts, avec de belles arches.

– Tu es plus grande que la plupart des danseurs, remarque Elisa.

– C'est vrai, et je ne vais pas te mentir : ça n'a
pas toujours été facile. Mais je compense par
la qualité de ma danse et par ma différence.
Et je suis souvent soliste !

La petite ballerine se met à rêver. Une danseuse aux grands pieds... ce serait possible,
après tout ? Elle remet fièrement ses belles
chaussures en s'imaginant déjà dans des cho-
régraphies originales. Avec des pas de hip-hop.
Quelques mouvements de danse du ventre. Et
de grandes chaussures de clown !

Table des matières

Susie Morgenstern, l'auteure

Susie est née aux États-Unis. Elle a grandi dans une famille de filles, mais jamais TROP de filles. Et elle a des filles! Et des petites-filles! Elle a l'impression de bien comprendre les filles. Pour elle, un garçon, c'est un extraterrestre!

Elle vit en France depuis la fin des années 1960. Elle écrit en français et elle est l'auteure de nombreux romans, dont le titre *La Sixième* (publié aux éditions de l'École des loisirs).

Clotka, l'illustratrice

Clotka est née dans les années 1980 en Picardie. Sous sa coupe au bol, elle observe la campagne environnante et la dessine sur les murs de sa chambre. Arrivée à Paris, au collège, elle caricature les situations de classe pour se faire des copains. Aujourd'hui, installée en atelier avec d'autres auteurs, elle travaille pour la presse et l'édition jeunesse, la publicité et publie des BD.

Elle aime les vidéos de chatons, cuisiner, râler et être à l'heure.

Tu as aimé ce roman ?
Retrouve d'autres romans de la série !

la famille
trop d'filles